ezra pereira

nasceu e cresceu em Lisboa nos anos 80 do século XX. Aos 18 anos começou sua errância pela Terra, passando por Londres, Paris, Buenos Aires e outras cidades. Vive atualmente em São Paulo e é estudioso de filosofia, línguas e poesia. Leituras e comentários seus podem ser encontrados no canal do YouTube *Parerga*.

MATÉRIA DO SOPRO

ezra pereira

editora Urutau
primeira edição
2022

O —

editora Urutau

rua do cajú, 478,
jardim das cerejeiras
06724-015
cotia-sp (brasil)

rua manuel pacheco nobre, 128 - 5º esquerdo
2830-080
barreiro (setúbal)
portugal

[+351] 928053619 [portugal]
[+55] 11 9 4859 2 426 [brasil]

www.editoraurutau.com.br
contato@editoraurutau.com.br

[EDITORES]
tiago fabris rendelli & wladimir vaz
[COORDENAÇÃO DE REVISÃO]
debora ribeiro rendelli
[REVISÃO]
juliana palermo
[DIAGRAMAÇÃO]
victor h. azevedo
[CAPA]
victor h. azevedo, sobre pintura de hendrik van der borcht

dados internacionais de catalogação na publicação (CIP) de acordo com ISBD

pereira, ezra
P436m matéria do sopro / ezra pereira. — cotia : urutau, 2022. 108 p. ; 14cm x 19,5cm.

ISBN 978-65-5900-353-2

1. literatura brasileira. 2. poesia. I. título.

CDD 869.1
2022-2937 CDU 821.134.3(81)-1

elaborado por odilio hilario moreira junior - CRB-8/9949

sumário

[75] [De Soria trago comigo]
[76] [Você olha a cidade de azul e sal]
[77] [Manhã em que até a sombra]
[78] [Difícil é manter-se limpo]
[79] [As araucárias das ilhas Norfolk, em Sines]
[80] [Noites em que o corpo]
[81] [Tardes em uma aldeia onde o canto das cigarras]
[82] [Idos os convidados a vida paira]
[83] [Esqueça-se de você]
[84] [Dizem-me que há andorinhas esvoaçando]
[85] [Como as nuvens sobre as paisagens]
[86] [Esfregue os olhos abertos]
[87] [Aqui encontro a claridade que eu esperava]
[88] [Quando a noite desce sobre a paisagem]
[89] [Você sobe e desce colinas o dia inteiro e a cidade]
[90] [Entreteço a doce e áspera]
[91] [A terra o acolhe em suas mãos]
[92] [Se você já viu em Lisboa]
[93] [Dar à boca, sequiosa]
[94] [Marinheiro em terra]
[96] [Para isso serve agosto na Europa]
[97] [Sem seu corpo]
[98] [Você tem cinco ou seis anos]
[99] [Também eu não sei]
[101] [Um marinheiro passa assobiando uma melodia de ondas]
[102] [Terra prometida à aliança]
[103] [As palavras cuja arte não for]
[104] [Não ouvireis meu pranto à beira de nenhum rio]

*

Dar a ver ouvindo
para que o instante se demore
e nosso seja nosso rosto.

*

Que também você possa celebrar
a alegria da luz,
mesmo cego,
nem que seja a centelha
de um único sorriso.

*

Para minha alma queria apenas
acordes simples,
duas ou três notas próximas
do silêncio, um sopro de brisa
nos cabelos
ou dedos que afagam
a pele dos flancos. Queria apenas
uma canção,
um fio de lã no labirinto
da escuridão.

*

Dê aos versos a leveza da luz
para que por si pairem
já soltos de quem os disse.

*

À pátria do espírito hei de ir um dia
antes das Parcas silenciarem
aquele que delas se ria.

Dos Antigos verei o que ainda resta
e ao poente entre colunas
serei luto e serei festa.

*

Falo, às portas do silêncio falo
e deixo que me leve
a melodia,

juntos atravessamos a noite,
de mãos dadas.

Até ser dia.

*

Aquele olhar
onde o azul fez uma de suas moradas.

Aquele olhar que passava
deixando atrás de si um rastro de aves migratórias.

Aquele olhar pousa agora sobre o silêncio
e salva esta noite de sua completa ruína.

*

Só o vento sopra,
respiração única
da Terra.

*

É tarde, você está cansado e seus olhos tropeçam
de esguelha em outros olhos
como um cão tropeça num osso
ou como um cântaro se quebra na fonte.
É tarde, você está cansado
e com a chuva a noite cai sobre a cidade.
Mas quem é que pode resistir
à súbita anunciação da alegria,
como se outra pátria houvesse
— ou outro exílio — que não fosse
a das dunas frementes de seiva
e a da espumosa rebentação
das ondas. Quem é que pode?

*

Rápido um relâmpago
antes que a Terra reclame
meu corpo morto.

Ou em torvelinho
me arraste do Senhor
um anjo torto.

*

Altíssimo é o dia quando além do branco
o amigo aguarda a nossa vinda.

*

Antes de você ir embora me deixe cumprir
a promessa de lábios que seu olhar murmura.

*

Tão logo me aproximo
um pássaro esvoaça, anônimo.
Quem sabe em que céus
ele voará agora ou em que galhos
terá feito ninho. Um pássaro era
ou poema seria? Animal
noturno à procura do dia?

*

Deixa, amor, os limões
para outras bocas
e comamos nós as amoras
mais silvestres.

*

Não olhe ainda,
meu amor de uma noite,
a manhã que nasce na janela;
se fecharmos as persianas,
se fecharmos os olhos
a luz não há de quebrar
este feitiço.

*

É triste não haver ninguém
à nossa espera,
um amigo, um cão cansado
ao pé da porta, ou somente um corpo
onde enfim louvar
a primavera.

*

Na claridade a prumo da luz das ilhas gregas reconhecemos:
a espessura do sonho não convém às nossas vidas.

*

O corvo pousa na página
e não é a morte
o que anuncia.

Ave altiva, vinho indelével,
indício alado
da alegria.

*

O silêncio se revela avaro, por isso
não lhe peço muitas dádivas
a cada dia que passa: e dois
ou três versos me bastam
para achá-lo, afinal, generoso.

*

Quem nunca amou estes lugares
onde a brisa e o sol se misturam
à sombra dos pinheiros?

Quem nunca amou
deitar-se nas dunas
com cavalgaduras e cavalheiros?

*

É duro adormecer assim,
quando a noite não traz ao verão
uma só brisa, como se o mar
tivesse ido para muito longe.

*

Acaricio a olorosa e leve
respiração do corpo
e sei que a música não engana a morte —
a voz ávida, assim vou ao encontro da Terra.

*

A que mais pode
nossa alma aspirar,
além de ser música,
a que mais pode,
a do vento, a do rouxinol,
ou a do mar?

*

Caminhamos
mas se nunca estivemos
como saber se já chegamos?

Diga-me,
para além do encontro
haverá procura ainda?

*

A manhã desabrochou
sonolenta
na penugem à flor
da pele —
assim o ardor
à espera da carícia
que o revele.

*

Quando a luz desponta sobre a paisagem,
cumprida a travessia da noite
então vê-se o rosto de vinho do mar

e até a sombra do bosque
nos ilumina.

*

Se você viesse — e não virá, eu sei —
eu lhe daria um ombro, um peito,
coxas onde adormecer,
quem sabe o suor
fosse então o nosso rio.

*

Vós que podeis, ó deuses, sombras, musas,
levai de mim esta voz, ou então calai-vos
para que o silêncio possa reinar
ao redor do que nunca floresceu.

*

Seu rosto pende
na direção do poço.
Gostaria de livrá-lo
de seu destino,
de lhe dar um outro,
talvez mais nobre:
uma fotografia,
um retrato,
uma escultura que durasse
a eternidade.
Quantos dias ainda
poderá ele flutuar
à superfície negra das águas?
O poço não aceita
moeda de troca,
nenhum resgate,
muitos menos versos toscos,
mal alinhados,
como quem fala.

*

A boa estrela pousou esta noite
à minha porta
e gotas de orvalho,
ou de música, incandescências breves,
escorrem agora
da ponta dos meus dedos
à procura do cofre
onde enfim guardar
os meus segredos.

*

Como um ritmo vindo
de muito longe,
assim chegam hoje
as primeiras sílabas,
quem sabe as últimas.
E quem nos dirá
se nosso canto
é o do cisne?

*

Há milagres assim,
próximos da ilusão de ótica.
Estamos no inverno,
muita é a neve, mas juro que vi
uma andorinha, o arrojo
rasteiro, o coração
tão leve.

*

Você anda à solta pela noite
e a cidade se abre como um corpo,
mas você sabe que nenhum herói
o salvará de seu incêndio.

*

Para você desejo coisas simples,
coisas frescas,
o pão acabado de sair do forno
ou os pés descalços na areia.
Se suas pálpebras lhe pesarem,
não lute, deixa-se antes adormecer.
Não se aborreça com sua mão
se ela não agarrar, todas as noites,
o mais distante.
Olhe as nuvens que passam.
E sobretudo não deixe seu rosto
perdido em espelhos quebrados.
Caminhe sabendo que estão
à sua espera.

*

Tardes numa aldeia
onde o canto das cigarras
se confunde com a própria
respiração da Terra.

*

Você queria dançar solto ao redor do fogo,
os pés remexendo a areia da praia
e entoar em polifonia
cânticos da idade do vento

mas você sabe que nenhum deus
virá esta noite
— ou em qualquer outra manhã do tempo —
em seu auxílio

e que nos dias de hoje
os poemas são apenas
rituais domésticos menores,
sem magia.

*

As mãos procuram aprender
a laboriosa arte de construir
casas que não desabem
em cima dos sonhos.

Mas tudo o que estas mãos
conseguem fazer é montar tendas no deserto.
Quando o vento sopra, as tendas voam
porém para muito longe.

Então as mãos aceitam:
a palavra é irmã do exílio.
E depois reconhecem: ficar sem palavras
assemelha-se a despertar.

*

Um dia hei de ser pequenino,
menor ainda do que um grão de areia
e todas as minhas realidades hão de ser sonhos.

*

Ao meio-dia solar da Terra
um pássaro atravessa
o céu
e sua sombra de asas
queima a pedra
que habita o peito.
À noite
as cinzas caem
sobre o fundo de trevas
de nossa vida
misturadas
com pó de ouro.

*

Acordo muito antes do sol
e aquela tonalidade a que Schiller chamou
musical assoma em núpcias com o silêncio.
Quando enfim também o dia acorda
o canto do melro é o primeiro
a vir ao meu encontro.

*

Odor que nos invade
e nos enjoa e nos exalta.
A terra cheira a estrume
e o coração se confunde
com as coisas simples.
Apetece dormir embalado
no interior de um fruto
e acordar depois
com seus olhos
olhando os meus.

*

Seja paciente, você que disfarça
seu olhar. O incêndio
há de vir que lavra o corpo
desde a erva rasteira
até as hastes mais altas
de abelhas em frenesi.
Seja paciente e à noite
deixe sua porta
entreaberta.

*

Espera-se o dia inteiro
a palavra que salve
o dia inteiro. Troca-se
a festa à volta da mesa
pela solidão,
e os únicos comensais
são a noite e o vento.

*

Estou tão cansado
que nem aos corpos respondo
do Lido di Dante,
desnudos à espreita no pinhal.
Num banco de pedra me deito
como um vagabundo.
Com sorte talvez Byron
me acorde em sonhos.

*

Se não for pelo sorriso,
ou pela poesia,
não vejo por que outras portas
se possa entrar.

Só as do corpo.

*

E se eu um dia
quiser me deitar
na concha de areia
das dunas e adormecer
à espera do vento
que me cubra o corpo,
quem então sufocará
a respiração do mar
nas veias? Quem apagará
à noite os astros
para que eu durma
o sono levíssimo
dos espectros?

*

Como as crianças tenho raízes
nas nuvens que passam
mas sei que nenhum vendaval
me arrancará da Terra.

*

Não hesite muito tempo
entre uma sílaba e outra sílaba,

com suas mãos agarre
a cintura que se entrega

e leve lentamente à boca
os dulcíssimos frutos da cerejeira.

*

Hoje entreguei-me
à vocação de silêncio das palavras
e perdi no caminho
todas as sílabas.

*

Não faça versos de sonhos
que a luz devora. Não faça
sonhos de estrelas
que a noite apaga. Encoste
o ouvido ao coração
da pedra. É na porta aberta
de outro corpo
que a Terra inteira
se torna carne viva
de amor e vísceras.

*

Com a sede dos desertos
à flor dos lábios, as sombras
procuravam-se no escuro.
Os olhos pediam esmola
a quem passava e as mãos
tocavam o sexo duro.
— Transformar a noite em dia:
era tão-só essa a magia
que a carne então nos pedia.

*

Piedade, quem possa que tenha
piedade, não por mim
que tenho onde dormir,
um prato de sopa e dois ou três
amigos com quem falar
mas pelos gatos vadios
de Istambul
e pelas matilhas de cães
de Santiago do Chile,
são muitos, tantos
e tão pouco fotogênicos
em cartões-postais.
De Lisboa já quase desapareceram
ao contrário da escória
dos turistas.

*

Corpos verticais como colunas
a um passo apenas da perfeição,
pequenos sóis a prumo,
exemplo jovial de majestade
— o tempo desses kouroi
é o tempo da eternidade.

*

De silêncio em silêncio
o dia desce
ao poço profundo

e então louva
as cintilações da noite.

*

Em que país acordas
agora que vives,
e desde sempre,
como os ciganos
— de acampamento
em acampamento —
tendo como irmão
tão-só o vento?

*

Um dia sua morte virá ao seu encontro,
você estará acordado, seus olhos
estarão abertos

e você saberá acolhê-la
como a mãe acolhe
em seu regaço
o filho.

*

A solidão povoa o poema e a mão pondera
o peso das sombras:
suor de seda das sílabas.
O desejo ordena então
os gestos que se cumprem
às escuras, noite matinal
da voz, meus mortos
ressuscitados.

*

Amoras bravas havia,
frescas sombras no calor a prumo
do dia. Era verão.
Também a outras águas
apetecia, a outros rios
estender a mão.

À noite outro sol se acendia
ou porventura um par apenas
de estrela diminutas, ínfimas.
Amantes eram, os corpos
escorraçando a solidão.

*

Ao percorrer as sinuosas vias
aprendemos também
os gestos simples: pôr as mãos
em concha e recolher
as águas da chuva. Você poderá agora
regar as orquídeas,
frágil desponta
o primeiro broto.

*

E não haverá esta noite
verão nenhum que a leve.

Sobre os caminhos haverá somente
a brancura de luz da neve.

*

Nas pregas sem fim das ondas encontramos
indícios terrestres da eternidade
e por entre naufrágios passamos
como navio que não se afunda.

*

Por entre as coisas você passa com olhos de espanto
num sonho que não começa nem acaba
e o horror dá forma à sua face
e a luz ilumina o seu encanto.

Vigília de águas misturadas.

*

À musa peço uma esmola, dois ou três
tostões tilintando na algibeira,
o quanto baste para um prato de sopa
e um pedaço de pão.
Não, caro amigo, não se preocupe,
também eu sei que o poema
não mata a fome a ninguém.

*

Só o canto das cigarras
se ouvia, e no sangue
um enxame de vespas
ardia.

O doce, agudíssimo
aguilhão dos corpos
por entre as searas
subia.

*

Não deixe no silêncio apodrecer o fruto
esperando que outro sol o amadureça.
Veja, amigo, como o cacho inteiro brilha.
Agora é só levar à boca os bagos redondos
como o peito que cabe na concha das mãos.

*

Ó girassóis às portas de Ravenna
astros que me guiam esta noite.

Ó doce recordação da viagem, campos
tão belos como nenhuma metáfora.

*

De Soria trago comigo
as noites frescas, quase frias,
as cegonhas no alto da torre,
os versos de Antonio Machado
e o lume das searas
para acender os dias.

*

Você olha a cidade de azul e sal.
Você olha até que os olhos deixam de ver.
Apetece partir, apetece permanecer.

*

Manhã em que até a sombra
é uma promessa
de claridade.

Agora vê-se melhor a paisagem
como no alto de um mirante
em Lisboa
ao vento.

*

Difícil é manter-se limpo
quando à nossa volta reina a sujidade.

Difícil é dizer
quando em coro a denúncia se cala.

Difícil é chegar
quando de nós se afastam os nossos passos.

*

As araucárias das ilhas Norfolk, em Sines,
erguidas a prumo
entre as muralhas,

a figura de outrora do pescador
com a cana à beira-mar,

os pilritos-das-praias

e o silêncio solene do intervalo
entre uma onda
e outra onda.

Da fábrica de gás da Galp, disso você não tem
de se lembrar.

*

Noites em que o corpo,
ou quem sabe a alma,
de tanta, tanta solidão
se contorce, animal
ferido, contra
a pedra fria
do chão.

*

Tardes em uma aldeia onde o canto das cigarras
se confunde com a própria respiração da Terra
e a inclemência do sol não perdoa a nossa sede.
Eis a sombra onde me abrigar.

*

Idos os convidados a vida paira
de novo em silêncio e solidão

e no intervalo de muitos atos

o ritmo surdo ressurge
de sílabas de súbito suspensas.

*

Esqueça-se de você,

deixe o mundo ressoar

nesse vazio.

Veja

como as águas transbordam

fecundando as margens.

*

Dizem-me que há andorinhas esvoaçando
em meus poemas, um corvo ou outro
que grasna, poucos urubus. Tudo bem assim,
deixemos então as carcaças apodrecer
em outros céus. Aqui quero ainda
que pousem alguns pardais e comam,
dóceis, na nossa mão.

*

Como as nuvens sobre as paisagens
assim eu passo devagar
e ao que vejo devolvo
sua sombra
e sua luz.

*

Esfregue os olhos abertos
sobre a floresta densa de sonhos
e então acorde.
É quando a palavra diz
a luz do dia
que a noite se torna
em travessia.

*

Aqui encontro a claridade que eu esperava
e o mar de Homero sai das folhas dos livros
renascendo antiquíssimo em meu olhar de espanto.

*

Quando a noite desce sobre a paisagem
Kalymnos acende ao longe as suas luzes
iluminando assim a nossa vida.

*

Você sobe e desce colinas o dia inteiro e a cidade
ora lhe sabe a oásis ora lhe sabe a deserto.
Passaram já muitos anos, você nunca esteve
tão longe, você nunca esteve tão perto.

*

Entreteço a doce e áspera
matéria do sopro
e sei de um silêncio semelhante à vida —
a seiva frremente, assim busco a erupção.

*

A terra o acolhe em suas mãos
e as mulheres de luto lamentam
ao pé da árvore que não floresce.

*

Se você já viu em Lisboa
os jacarandás em flor
e subiu a seus altos mirantes;
se já se perdeu
nas ruelas de Alfama
e atravessou de barco o rio —
então sabe que a Terra
é o lugar certo
para viver.

*

Dar à boca, sequiosa,
outra boca
e então beber juntos
as areias todas
do deserto
e estrela é a sua boca
aqui tão perto.

*

à memória de Rafael Alberti

Marinheiro em terra
teu pesar levanto:

— Este horror de ruas
nem minhas nem tuas...
Ó prados do mar
para eu cavalgar!

Marinheiro em terra
perdido o encanto:

— Esta sede de ilhas
e mais maravilhas...
Com velas e vento
é que sopra alento.

Marinheiro em terra
à beira do pranto:

— Lavai-me com ondas
e sereias redondas...
Com Índias sonho
e o Cabo medonho.

Marinheiro em terra
teu poema é teu manto.

*

Para isto serve agosto na Europa:
para os pôr pés ao caminho
e atravessar fronteiras
rumo à mítica luz
mediterrânea. Para isto
e muito mais.

*

Sem seu corpo
de seara ao sol,
sem o cheiro a estrume
da terra
nenhum fogo
alimenta estas linhas.

*

Você tem cinco ou seis anos,
os dedos se esticam para o brilho
irresistível da azeitona.
Tão ébria agora a sua boca
com aquele gosto acre.

*

Ofício – é coisa das mãos
Paul Celan

Também eu não sei
o que seja
a poesia:

noite que sobe
à flor
do dia?

ou as ondas
que voltam
ao areal?

Talvez pedra
pequena
no sapato

ou talvez dardo
que fere
o animal

Seja o que for
aqui lhe chamo
canção

onde a minha
procura
a sua mão.

*

Um marinheiro passa assobiando uma melodia de ondas
e com ele passam golfinhos num mar antigo

*

Terra prometida à aliança
onde corpo e alma
serão uno e serão dança

*

As palavras cuja arte não for
a de esculpir o mármore
eu as direi ao vento

*

Não ouvireis meu pranto à beira de nenhum rio
e o exílio é a morada que eu celebro.

■ primeira edição
■ setembro de 2022